너도바람꽃

너도바람꽃

교사 시인 조재형의 청소년시

조재형 시집

한티재

제1부

종소리와 함께 뛴다

제2부

끝까지 응원할게

제3부

당당한 왕따

제4부

의문의 일패

종소리와 함께 �뛴다

강아지풀

가을이 되니
우리 집 누렁이 꼬리가
점점 짧아진다

짖지도 않고
꼬리만 살랑살랑
흔들어댄다

우리 엄마 잔소리도 저렇게
짧아졌으면 좋겠다

짝사랑

매미 울음소리는
구애의 울음소리라는데

큰 소리로 우는 매미일수록
이성에게 인기가 많다는데

나는 울지도 못하고 그 애 주변을
맴맴, 맴돌기만 한다

뜻밖의 배려

한국말이 서툰 우리 엄마
말이 통하지 않아 답답하다고
괜히 짜증을 내고 나면
자꾸만 우울해졌다

엄마와 학교에서 상담하던 날
담임선생님이 엄마에게
뜻밖의 인사를 했다
신 짜오(안녕하세요)
땀 비엣(안녕히 가세요)

집으로 돌아가는 길
엄마의 얼굴에 웃음이 가득했다
나는 이제부터 엄마에게
우리말이 서툴다고 짜증을 내는 대신
베트남 말을 열심히 배우기로 했다

종소리

민혁이가 뛴다
쉬는 시간 거침없이 담장 타 넘어
편의점으로 달려가
삼각김밥 사 오는 길이다

준성이도 뛴다
오늘도 늦잠을 잤지만
2교시 담임선생님 수업에는 더 이상
약속을 어길 수 없기 때문이다

4교시 마침 종이 울리면
허기를 움켜쥐고 일제히 식당으로 뛴다
점심시간은 당연히
한 시간쯤 당겨져야 한다며

종소리보다도 훨씬 크게 와자지껄
미술실로, 음악실로, 운동장으로

학교는 오늘도 쉬지 않고
아이들과 함께 뛴다

셔틀

우리 교실엔 셔틀이 여럿 있다
피자 셔틀 진석이
체육복 셔틀 우진이
담배 셔틀 민우
날씨가 추워지면 민우는
붕어빵 셔틀도 한다

교무실에도 셔틀이 있는데
땀 흘려 농사지은 고추며 호박을
여기저기 져 나르는 체육선생님
애들이 남기고 간 우유로
요구르트를 만들어 퍼 나르는 과학선생님
이런 셔틀은 좀 짱이다

굽은 길

도움반 친구 영준이
뒤틀린 몸
한쪽 발로 휠체어 밀고
거꾸로 간다
영준이 별명은 후진,
뒤로 가야만 앞에 다다를 수 있다
공책의 글씨도
반듯하게 뻗은 복도도
삐뚤빼뚤, 헤치고 간다
하지만 영준이
마음이 굽진 않았으니
미소는 전진,
앞으로든 뒤로든 좀 늦어도
일그러진 웃음 해맑아
도움받기보다 돕는 게 더 많은
영준이의 길
아름답게 굽은 길

중2는 멘탈갑

학원 통학버스 놓치면 안 된다고
선생님한테 도움을 청하더니
청소도구 내팽개치고 과감하게 도망친 중2

시험 기간이라며 독서실 등록해 놓고
게임방에 죽치고 있다가
새벽에 떳떳하게 귀가하는 중2

책가방에
화장품 파우치와 짧은 치마
애지중지 챙겨 다니는 중2

과연 중2는
멘탈갑

헐! 한숨만 내뿜어야 하는
엄마는 두부멘탈

선생님은 유리멘탈

바늘

곧고 뾰족하되
때론 유연한 바늘이 되자
기워야 할 자리를 잘 관찰하면서
몸을 조금 굽히고서 나아가거나
어디서 양보해야 할지 살펴보는 것도 좋겠다
남을 생각해서 자세를 좀 낮추는 것은
결코 비굴한 것이 아닐 테니,
두꺼운 가죽을 꿰맬 때에는
뒤따라오는 실이 끊어질지도 모르니
가끔 돌아보며 단단히 잡아주자
너무 얇은 천이라고 함부로 얕보지 말고
예민하게 투정을 부려대거든
네 몸을 둥글게 말아서
상대를 편히 안아주면 좋겠다, 하지만
절대 미늘을 숨긴 낚싯바늘이나
코끼리를 조련하는 송곳처럼
누구를 함부로 찌르고 억압하는

날카롭기만 한 바늘이 되어서는 안 된다

가출

아빠가 할머니와 다투고
집을 나갔다

그런 뒤 할머니와 엄마 사이는
더 심하게 틀어졌다

아빠가 집에 들어왔지만
갈등은 더욱 커졌고 이번엔
엄마가 참을 수 없다며 집을 나갔다

다시 돌아오지 않았다

지금도 할머니와 아빠는
자주 싸운다

모두 나 때문인 것 같아서
나도 집을 나왔다

무관심

야!
치마 길이가 왜 그렇게 짧아

치마가 짧은 게 아니라
내 키가 훌쩍 큰 거라고요

엄마, 제발 저한테
제대로 관심 좀 가져주세요

담임선생님

떠도는 가을볕을
있는 대로 다 끌어모아야
한 그루 나무에 열린 대추알들 여물어
제때 수확할 수 있다

그래도 끝내 기다리지 못하고
중간에 제 몸 떨궈
나뒹구는 열매들 많다

안쓰러워서
굴러다니는 열매 주워 들고
가슴 한쪽에 품고
숨죽여 기도하는 뒷모습이 있다

아빠

덩치는 크지만 날개가 퇴화되어
이젠 영영 날아오르기는 틀린
타조 같은 사람

가까이 스치기만 하고
좀처럼 얼굴을 마주하기는 힘든 사람
전화기를 붙들고 바쁘다는 말을 반복하며
회사의 약속시간만 체크하는 사람

가족들 중에
가장 꼬질꼬질한 신발을 신고 다니며
뒤축도 가장 빨리 닳는 사람

우방은 아니더라도
엄마 말처럼 원수는 더욱 아닌
전쟁터에 익숙한 단역배우 같은 사람

별

가냘픈 초승달이 안쓰러운지
바로 옆에 개밥바라기별이 떠서
같이 어둠을 밝히는 겨울 저녁이
한결 따뜻하다

지중해를 떠도는 난민 소년과
이슬람 무장단체의 어린 병사들
황량한 아프리카 초원에서도
저 별을 볼 수 있을까

집집마다 사람들 돌아와 모여 앉아
따스한 저녁 불을 밝히는데
모두 푸른 별 지구에 주소를 두고
함께 살고 있을 뿐인데

기다림

분명히
내일은 학교에 꼭 나오겠다고
굳게 약속했는데

기다리는 마음은
이렇게 초초할 수밖에 없는가 보다

등교 시간은 벌써 지나가고
무심한 척 한 시간, 두 시간을 또 보내고
조마조마하게 창밖만 응시하며 서성대는 마음을
교문 앞 느티나무가 먼저 눈치챘는지

단풍 고운 나뭇잎만 이리 굴리고 저리 굴리며
찬바람도 아랑곳 않고
한발 앞서 마중 나가 있다

친구의 비결

민재의 공부 비결은
관찰과 집중이란다
도대체 그 비결이 어떤 건지 물어봤다

창밖을 잘 봐
목련꽃이 피어날 때
나무의 발뒤꿈치를 살살 간지럽히는
봄바람이 보이지 않니?

가을에 열매가 익을 때
햇살과 바람 말고도
발밑에서 찌르르, 찌르르, 풀벌레들이
따뜻한 온기를 흘려보내는 소리가
들리지 않니?

사방이 고요할 때
침착하게 집중해 보라니까

뚫어지게 관찰해 보라니까

이 녀석
탐구대회와 백일장에서 상을 휩쓴 것도
역시 다 이유가 있었구나

맹자 어머니

"엄마!
이번에는 이사만 하고
전학은 안 가면 안 될까요?"

우리 집은 처음엔 아파트에 전세를 살다가
그다음에는 다세대주택 월세로
이제는 반지하 셋방으로 옮겨왔다

이사는 어쩔 수 없다 하더라도
전학은 정말 그만했으면 좋겠다

아무래도 우리 엄마는
맹모삼천지교를
잘못 이해하고 있는 것 같다

제 2 부

끝까지 응원할게

참 엉뚱한 놈

선생님!

진우네 진돌이와
영진이네 검둥이가
종일 집에만 있으면 심심하다고
아침에 애들 따라서
학교에 놀러 왔는데요

지금 운동장 벤치 옆에서
둘이 막 싸우고 있어요

그런데 이런 싸움도
학교폭력 아닌가요?

하늘 종점

"이 버스의 종점은 SKY입니다"
어느 학원의 통학버스에 걸린
광고 문구랍니다

어른들이 만들어 놓은 저 말의 속사정을
우리도 잘 안답니다
모든 것을 줄 세워 판단하는 세상의
슬픔을 안다는 말이죠

아무리 그래도 그렇죠
종점이 하늘이라니
그 압박을 못 견디고 끝내
삶을 포기한 친구들이 얼마나 많은데

그 친구들이 간 곳은
깊은 하늘의 어느 한구석일까요
돈이나 점수로만 갈 수 있는 하늘은

어떤 빛깔일까요

원래 알고 있던 하늘과 달리
높고 푸른 곳이 아닐지도 모르니
불길하고 끔찍한 문구는 이제 그만
치워주시죠

큰 걱정

작년에 결혼하신
우리 담임쌤

점점 배가 불러오는가 싶더니
갑자기 휴가를 내고 병원 진료를 받고 오셨다

산부인과 의사의 진찰 결과
유산의 위험이 있어 장기간 안정이 필요하단다

가뜩이나 인구도 줄어든다는데
걱정이 크다

철부지 우리 반 애들은 또
어떻게 감당하나

끝까지 응원할게

교내 체육대회 날
종합우승을 눈앞에 두고 있던 우리 반이
마지막 400미터 계주에서
그것도 일등으로 달리다 마지막 친구가 그만
다리가 풀리는 바람에
결승선을 앞에 두고 주저앉아 버렸다
목청 높여 응원하던 함성이 잦아들면서
갑자기 침묵이 흘렀다

그때 담임선생님이
넘어진 친구를 토닥이며 우리에게 해주신 말
괜찮아! 응원은
꼭 이기라고 하는 게 아냐
힘내라고 하는 거야
정정당당하게 함께하자는 의미야
일등보다 최선을 다한 꼴등도 나쁘지 않아
난 너희들을 끝까지 응원할 거야

성차별

머슴아들 실내화는
쉰내화

— 여름철에는 제발
양심적으로
실내화 좀 빨아서 신자

— 여학생들도 발냄새 난다구요
왜 우리한테만 그러세요
이것도 성차별 아닌가요?

카톡

카톡—
카톡 카톡—
학원 수업시간에 또 늦으면 각오해라
오늘 마치는 시간이 몇 시냐
곧바로 과외선생님과 보강 약속 꼭 지켜야 된다
물론 엄마가 보낸 겁니다

카톡 카톡 카톡—
모처럼 떡볶이집에서 한턱 쏠 테니
마지막 수업은 제치고 나와
학원 옆에 개업한 피시방 시설이 끝내준다는데
오늘은 컵라면까지 책임지겠다
단짝 재철이가 보낸 겁니다

엄마 카톡 소리는 숨이 넘어갑니다
친구가 보낸 건 왜 그렇게 달콤하게 들릴까요

사과꽃

교정에 애기사과나무가 아직
쭈글쭈글한 열매를 달고 있는 십이 월
추운 날씨에 교실에도 교무실에도
다닥다닥 사과꽃이 피었어요
나는 혜림이와의 갈등에
먼저 손 내밀기로 하고 편질 썼지요
혜림이도 내게 사과해 올지 궁금하지만
그게 아니라도 섭섭해하지는 않을 거예요
희정이는 민수에게, 민수는 희정이에게
민애와 예진이는 담임선생님과 교감선생님께
물론 담임선생님도 누군가에게 편지 쓰는 걸
교무실에 갔다가 살짝 훔쳐봤거든요
오늘은 한 해를 뒤돌아보며
달콤한 사과와 편지를 함께 전하는 사과데이
한겨울 우리 학교엔 때아닌
사과꽃이 피었어요
웃음꽃도 덩달아 활짝 피었어요

좋은 친구란

이쑤시개와 면봉은
재질과 크기가 비슷해도
하는 일은 너무 다르다

놓인 처지가 다르고
모양도 서로 다르기 때문이다

부드러운 면봉은
이쑤시개가 하는 일을 이제
이해해 주기로 했다

날카로운 이쑤시개를 볼 때마다
부드럽게 먼저 손도 내밀고
힘들어 보일 때는 꼭 안아주기로 했다

전학

벚꽃길이 아름다운 우리 학교
도로를 넓히느라 교문 앞의 나무들을
운동장 모퉁이로 옮겨 심었다

하필이면 날씨가 가물어
매일 물을 흠뻑 주는데도
새로운 환경에 뿌리내리기 힘이 드는지
시름시름 기운을 차리지 못했다

아직 단풍이 물들거나
낙엽이 질 때가 아닌데도
큰 비바람이 한 번 지나고 나니
연약한 잎사귀 모두 떨구었다

무슨 어려운 사정이 있었는지
엄마 나라에 가서 살다가 다시 돌아와
적응하기 힘들어 하는 친구 같았다

빼앗긴 목소리

엘리베이터에서 가끔 만나는
15층 민서네 강아지가
어느 날부턴가 너무 조용해 이상했다

알고 보니
집을 비우면 시끄럽게 짖어대는 통에
이웃에서 항의를 해와 결국
성대 수술을 했단다

예뻐서 키운다지만
집 안에 갇혀 사는 개
수술까지 해서 키우고 싶은 주인
진정한 동물 사랑이 뭔지 고민스럽다

다른 건 몰라도
강아지 목소리를 강제로 빼앗은 건
사람들의 죄인 것만 같다

폐교

우리 학교가 문을 닫는답니다
마을의 인구가 점점 줄어들어서 그렇답니다
한참을 찬성과 반대 의견으로 갈라지더니
학교의 주인은 학생들이라더니
결정은 어른들끼리 해버렸습니다
남은 친구들은 모두 전학을 가야 한답니다
뿔뿔이 다른 학교로 흩어지고 나면
많은 지원을 해준다고 합니다
그러지 않아도 크게 불편한 게 없었던 것 같아서
그게 좋은 일인지 잘 모르겠습니다
이제 문방구도 문을 닫고
분식집도 문을 닫을 겁니다
급식소와 과학실, 도서관과 교문에도
큰 자물쇠가 채워지고 먼지가 쌓일 겁니다
말은 없어도 선생님들 마음도 편치 않아 보입니다
헤어지기 싫은 친구들의 속마음도 압니다
정든 운동장과 벚꽃동산을 떠나기 싫습니다

누나와 내가 다닌 학교를 동생도 다녔으면 좋겠습니다
시끌벅적하던 교실이 텅 빈다고 생각하니
괜히 쓸쓸하고 눈물이 납니다

머리 염색

머리 염색한 거 맞지
— 아닌데요

아니긴, 붉은 빛깔이 눈에 띄는데
— 원래 제 머리 색깔인데요

원래 붉었단 말이냐 자꾸 거짓말할래
— 거짓말 아닌데요

계속 우기겠다 이거지 또 벌점 나간다
— 아 왜 못 믿으세요, 짜증 나게

다들 검은색으로 다시 염색하고 왔는데
너만 아직 그대로잖아
— 왜 꼭 검은색이어야만 하죠?
그리고 우리 엄마 머리는 더 빨갛거든요

단풍

새파란 은행잎 속에는
노란 물감이

숲속의 단풍잎 속에는
빨강 물감이

숨어 있었던 거다

어느 날 가을비가 소리 없이
쓰윽 씻어준 거다

별수 없다

교무실 청소당번 하면서 알았다
선생님 옆자리의
휴지통을 비우면서 알았다

우리한테는 분리수거, 분리수거 하면서
선생님 휴지통은 온통
잡동사니였다

요구르트 통과 바나나 껍질에
찢어지고 구겨진 휴지가 뒤섞여
얽히고설키고

어휴 지저분해
매번 잔소리를 할 수도 없고
어른들도 별수 없다
우리랑 다를 게 하나도 없다

3분

우리 학교 교장선생님 별명은 3분
훈화도 부탁도 3분
비난과 무시는 제로

컵라면이 익는 시간처럼
달콤하게 기다릴 수 있는 시간
딱, 3분

짧아서 좋다
짧을수록 박수 소리는
더 커진다

아, 이럴 때 나는
친구들보다 좀 짧은 내 다리가
절대 원망스럽지 않다

최고의 맛집

방학이 다가오면 우리 엄마 걱정이
이만저만이 아니다
동생과 내 점심을 꼬박꼬박 챙겨야 하는 데다
평소 요리 솜씨를 생각하면 이해가 된다

한번은 엄마들 모임에서
방학에도 학교에서 급식을 해주면 좋겠다는
농담 같은 의견도 나왔다고 하는데
속으로는 나도 적극 찬성했다

교통봉사를 맡아 일찍 등교하는 날이면
영양쌤과 급식소 직원분들이 일찍 출근해서
급식 준비로 애쓴다는 걸 알았을 때부터

매일 먹는 학교 급식이 단연코
최고의 맛집이라 생각하고 있었다

제 3 부

당당한 왕따

격려

빗방울이
졸고 있는 나무 잎사귀를
툭!

맑은 햇살이
성난 바다의 옆구리를
툭!

축 처진
너의 어깨를 가볍게
툭, 치며

한마디 건네자 갑자기
생기가 돌았다

마음에 잔잔한 웃음이 일고
용기도 생겼다

배신자

놀 만큼 놀았다고
너무 노는 데만 미쳤었다고

이젠 공부에 미쳐보겠다고
절교를 선언한 광호
이제 수학시간도 즐겁단다

자장가로 들린다던 선생님 목소리가
달콤한 영화 대사 같단다
수학쌤의 상냥함과 환한 미소는 인정하지만

정말 어이없다
배신자!
말문이 막힌다

당당한 왕따

남들은 미리 매어 놓은
가지런한 줄을 곱게 타고 오르며
일정한 간격과 똑같은 모양으로 피지만

저만치 홀로 떨어져
제멋대로 피어난 꽃이
훨씬 아름답게 보일 때도 있다고

감히 누가 따돌린 게 아니라
무엇보다 당당한 모습이 더 중요하단 생각에
왕따를 자처한 거니까

내 걱정은 말기를

Delete

엄마와 약속을 지키려고
스마트폰에 설치한 게임을 삭제했습니다
하지만 친구에게 몰래 받아 저장해 둔 동영상은
아직 삭제하지 못했습니다

시험기간만 되면 늦잠을 자
학교에 지각하는 악몽을 자주 꿉니다
이처럼 머릿속에서 영원히 삭제하고 싶은
찜찜한 기억도 있지만

요양병원으로 가신 할머니의 기억은
삭제되지 않았으면 합니다
가족과의 추억과 따뜻한 웃음을 더 이상
잃지 않았으면 좋겠습니다

아재개그

"맥도날드의 M은
Mother에서 온 M이 아닐까?"

순간 재웅이가
"아, 선생님 제발
아재개그 좀 하지 마세요"라며
말을 잘랐지만

가리지 않고 한창 잘 먹는 애들을 보면
나는 이런 생각이 든다

허기 앞에서는 뭐든지
엄마표 손맛이다
재웅아, 어쩔!

다 알고 있다

누가 휴대폰을 내지 않고
쉬는 시간에 몰래 사용하는지
빈 교실에 들어가서
남의 체육복을 슬쩍 들고 나왔는지
조회대 밑에 숨어서 담배를 피웠는지
분리수거도 안 한 쓰레기봉투를
내동댕이치고 갔는지

학생부 선생님을 따돌리고
담임선생님을 감쪽같이 속였다고 생각하지만
CCTV는 다 알고 있다

누가 보건실 간다고 거짓말을 하고
무단 외출을 했는지
급식 메뉴가 맘에 들지 않는다고
점심시간에 비밀 장소로 피자 배달을 시켰는지
학교보다 키가 큰 성당의 십자가는

다 알고 있다

질경이

질경이는
엉덩이가 질겨서
한번 자리 잡고 앉으면
잘 옮기지 않아요
웬만하면 한곳에서
끈질기게 버텨요

질경이는
참을성도 강해서
발로 차이고 바퀴에 깔려도
잘 쓰러지지 않아요
씩씩한 친구처럼
남의 탓도 안 해요

키가 작아도
못났다는 얘길 들어도
그런 것쯤은 별거 아니라며

어깨동무로 버텨요
그렇다고 함부로 밟거나
무시하면 절대 안 돼요

부끄러움

힘센 친구 이름을 팔아
어깨에 힘을 주며
나보다 약한 애들에게 유세를 떤 일

남의 약점을 잡아 키득거리고
들떠 비아냥대며 선생님 흉보는 걸 거들고
쓸데없는 일에 참견한 일

어른들은 다 똑같다고 소리 지르고
엄마를 무시하고 짜증을 내며
문을 꽝꽝 닫고 걸어 잠갔던 일

가만히 뒤돌아보니
너무나 부끄럽다
쥐구멍에라도 숨는 이유를 이제야 알겠다

흐뭇한 말

우리 반 혜정이는
학교 청소원으로 일하시는 할머니가
같은 동네 이웃에 산다며
곧잘 아는 체를 했다

어느 날 쉬는 시간에
화장실에서 마주친 할머니가 혜정이보고
공부 열심히 하라시며
그래야 나처럼 궂은일 안 한다고
한마디 조언을 해주셨단다

그 말을 듣고 난 혜정이
할머니 하시는 일이 어때서요
덕분에 학교가 이렇게 깨끗하지 않냐고
주변이 흐뭇한 말을 했다고 한다

숙제

형편이 어렵고 곤란한 처지의 친구에게
조금 더 관심을 갖는 것은
차별일까

아니면 사정을 감안해서
무게 중심을 맞추려는
정당한 노력일까

교실에서 가끔 생기는 문제를
함께 고민해 보자고
사회선생님이 내주신 숙제입니다

이름

너도바람꽃 피어난 곳에는
어떤 향기의 바람이 불까?

구름송이풀에 핀 꽃처럼
흰 구름도 빨갛게 물들여질까?

보라색 처녀치마는
누굴 입히면 가장 잘 어울릴까?

아무도 모르지만
그 이름들 참 곱다

속도위반

응급상황 발생!
반 대항 축구를 하던 준호와 주환이가
슬라이딩 태클로 엉겨 넘어졌다

준호는 무릎을 다쳤고
주환이는 앞 이빨이 깨졌다

친구들을 태워 빛의 속도로 병원에 달려가던 체육쌤
신호위반으로 쫓아온 경찰을 애써 설득하고
급히 병원에 도착했는데,

이빨을 관찰하던 의사선생님 이번엔
부러진 이빨을 얼른 찾아오란다

다시 학교로 급히 달려와 친구들을 동원해
운동장을 뒤져 이빨을 찾아가긴 했는데
이번엔 속도위반으로 범칙금을 물었다는 뒷얘기

>

한바탕 홍역을 치르고 쌤이 건넨 한마디
얘들아, 승부욕도 좋지만
이제부턴 과속 금지다

울타리

나는 안다
교문을 새로 지으면서
오래된 철망 울타리를 뽑아낸 자리에
다시 높은 울타리를 세우지 않고
자그마한 나무를 심어
울타리로 대신한 이유를

나 말고도
담장을 뛰어넘어본 친구들은 안다
높은 벽돌과 철망 울타리를 뛰어넘다가
무릎과 팔꿈치가 까지고
밥 먹듯 벌점을 먹어본 친구들은
교장선생님의 속 깊은 배려를 안다

선생님이 무너지면

반장과 함께 이인삼각 달리기를 하다 넘어져
꼴찌로 들어온 담임선생님의 변명
"왕년엔 나도 달리기 좀 했는데 말이야……"

새로 산 지구본을 들고
계단을 오르던 선생님이 다리를 삐끗하면서
지구본이 통통 튀며 계단을 구른다
"그러기에 슬리퍼는 굽이 좀 낮은 걸 신으시지……"

시간표 바뀐 걸 깜빡했다고 머쓱해 하며
수업에 좀 늦게 들어오신 선생님
"설마 쉬는 시간까지 수업을 연장하시지는 않겠지……"

선생님의 실수는 우리를 즐겁게 한다
선생님이 와르르 무너지면
까르르 웃음이 번지고 친근감이 느껴진다

어떤 갑질

"쌤요!
지 그동안 친구 집에서 잤심더
학교 가볼라꼬 오늘은 일찍 일났는데
폰도 정지 묵고 돈도 없심더
지금 택시 잡아타고 바로 학교로 갈 낀데요
택시비 좀 내주이소"

체육대회가 열리는 가을 아침
뜬금없이 교무실로 걸려온 전화 한 통
운동을 좋아하는 성찬이 녀석이다

하고 싶은 일도 꿈이 뭔지도 모르겠다고 했지만
나도 잘 하는 게 있다고
오늘만큼은 자신을 드러내고 싶은 것이다

가끔 연락도 끊기고 애를 태우는 녀석이지만
이런 갑질이라면 나는 언제라도

반갑게 받아들이겠다

빈 거미줄

새벽같이 일어나서
얼굴도 못 보고 일 나가는 아빠

일거리가 없어서
그냥 돌아오는 날도 많다

아빠만큼 부지런한 거미
매일 아침 처마 밑에 그물을 치지만

먹이가 잡히지 않는 날은
이슬방울만 올망졸망 매달려 있다

오늘 아침에는 거미에게
배고프지 않으냐고 물어보려다가 꾹 참았다

배가 많이 고플 때는
말할 힘도 없을 것 같기 때문이다

제
4
부

의문의 일패

의문의 일패

선생님!

수업 마치는 시간에 저 좀 꼭 깨워주세요

오늘도 알바에 늦으면 잘리거든요

배롱나무 편지

안녕!
난 배롱나무라고 해
줄기가 아주 매끄럽고
백일동안 길게 꽃을 피운단다
그것도 무더운 여름에
봄에는 꿈쩍도 않고 있다가
다른 꽃들이 다 피었다 지고 난 뒤
서서히 힘을 내어
세상이 온통 녹색뿐인 계절에
혼자 잔치를 벌이곤 하지
덕분에 많은 관심을 받기도 해
너도 언젠가는 나처럼
멋지게 꽃피우게 될 테니 걱정하지 마
기다리고 지켜봐줄게
늦게 움튼다고 죽은 나무로 착각하거나
메롱나무라고 놀리면 안 돼
원숭이가 미끄러지는 나무

간지럼나무라는 재밌는 별명도 있단다
더디지만 오래 피는 꽃
기다려줘야 활짝 피는 꽃
배롱나무꽃을 꼭 기억해줘!

수행평가

음악 수행평가 시간
가창 주제곡은 모두 가곡이다
차례가 돌아온 정윤이의 당돌한 질문

쌤, 부탁드려요
갈수록 향상되고 있는
제 노래방 점수를
참고해주시면 안 될까요?

어렵고 재미없는 가곡 말고
설운도 아저씨나 아이유 언니 노래로
바꾸어 부르면 안 될까요?

급훈

學, 學, 學, 學(학)

수능시험 감독 갔던
고3 교실에서 본 급훈이다

열심히 공부하자는 말로
해석되었지만 왜

헉
헉
헉
헉, 하고
숨차게 읽히는지

학鶴의 다리같이 가늘게
긴장하며 이어지는
아이들의 숨소리 뒤로

뻐꾸기

오후 한 시
나른함이 몰려오는 점심시간
꾸벅꾸벅 졸고 있는데
갑자기 한낮의 정적을 깨고
뻐꾸기가 울었다

"뻐꾹"
딱 한 번 울고는 잠잠하다
우리 학교 뒷산의 뻐꾸기는
뻐꾸기시계다
얼른 수업 준비나 하란다

참 부끄러운 일

바빠서 딴생각 했다며
인사를 성의 없게 받은 일

피자로 한턱 쏘겠다고 해 놓고
사탕 몇 알로 대신한 일

그러나 정작 부끄러움보다도
크게 사죄할 일은

너희만 할 때 우리도 맞고 컸다며
회초리를 들었던 일

독도에게

바람이 차다 독도야!
사방이 뻥 뚫린 큰 바다 가운데서야
온몸 오죽 시릴까마는
출렁대는 물결만이 오직 네 친구
혼자라도 꿋꿋하도록 넌 태어났나 보다
그래도 뭍에서 동으로
내 팔 길게 뻗어 네 어깨에 척 걸치고서
어깨동무라도 하고 싶지만
시린 입김이라도 건네고 싶지만
홀로 네 가슴 옹골차니
나 걱정 안 한다
만약 네 몸에 기대며 치근덕대고
함부로 더럽고 치사한 손 뻗어 칭얼대거든
간사스러운 입으로 헛소리하거든
불끈 두 주먹에
푸른 실핏줄 곤추세우고
위엄 있게 한마디 타일러주자

큰코다쳐 봤다지만
아직 정신 못 차릴 때는 한바탕 호통을 치자
힘찬 함성 잇따라 띄워 보낼 테니
언 몸 시리다 웅크리지 말고
폭풍우 드세다 겁내지 말고
거짓된 저들 욕심 단호히 잘라내고
불 끓는 심장으로 버티어내자

낙엽을 보며

11월의 차가운 아침
교정에 선 나무 한 그루 작정이나 한 듯
잎을 모두 떨구고 있다

후드득 후드득, 마치 빗소리를 듣는 듯
나무는 모두 비워내야만 하는 순간을
알고 있는 듯했다

스스로 내려놓기에는 버거운 짐을 진
아이들의 무거운 어깨는
언제 저렇게 가벼워질 수 있을까

겨울을 나기 위해
최소한의 무게만 유지하려는 나무처럼
가장 아름다운 모습은 가벼운 모습일지도 모르는데

마음의 무게가 덜어지는 만큼

아이들 표정이 밝아질지도 모르는데
채우는 것만 가르치는 것이 최선은 아닐 텐데

가을 저녁

엄마!
귀뚜라미가 어떻게 울지?

그야 귀뚤, 귀뚤
아니면 귀뚜르르, 귀뚜르르
이렇게 울지 않니

내 귀에는
귀 뚫어라, 귀 뚫어라 하고 우는 것 같은데
주말에 우리 미용실 가면
나도 귀 뚫어주면 안 될까?

야! 너 그걸 지금 말이라고 해
하라는 시험공부는 안 하고
뭘 뚫는다고

뭘! 외할머니가 그러시는데

엄마도 시험공부 하기 싫다고 가출한 적 있다며
귀 안 먹었으니까 제발
소리 좀 지르지 마

진흙과자

양파링은 양파로 만든 과자
누나가 제일 좋아하고

나는 꽃게로 만든 꽃게랑을
엄마 아빠는 새우깡을 좋아한다

진흙과자는 흙으로 만든 과자
그런데 어떻게 흙으로 과자를 만들었을까?

아프리카 친구들이 먹는다는 진흙과자는
도대체 어떤 맛일까?

화해의 맛

사각사각 팥빙수는
혀의 온도가 가장 적당할 때 녹아
사르르 단맛이 된다

태양이 불타는 한여름에
고운 눈빛으로 먼저 악수를 청하는 꽃도 있다

내가 먼저
마음의 온도를 높이고 따뜻하게
손 내밀어보자

온도가 올라가면
거대한 빙하도 한꺼번에
녹아내리니까

꼬리

꼬리는 뒤에 있어서 감추게 되지
화려한 꼬리도 길면 밟히기 쉽다고
조심하라고 타이르지

높이 나는 비행기도 꼬리가 아니면
옳게 방향을 잡기가 어렵지
안전하게 목적지에 다다를 수가 없지

그러니 맨 뒤에 있더라도 품위 있게
기죽어서 괜히 머뭇대지 말고 떳떳하게
우쭐대며 함부로 꼬리 치지는 더욱 말고

무엇보다 꼬리를 잘 거둬야지
처진 꼬리는 보듬어서 함께 가야지
뒤를 돌아볼 줄 아는 겸손도 필요하지

간사함

체육시간에
운동장 돌부리에 걸려 넘어져
동전만 하게 무릎이 깨졌다
참 재수 없는 날이다

집에 돌아가니
엄마가 많이 아프겠다고 걱정하며
학원을 하루 쉬는 게 어떠냐고 묻는다
정말 재수 좋은 날이다

참과 거짓

종례시간, 다른 전달사항은 없고
내일은 선거 날이니까
부모님께 투표는 꼭 권하라고 하시며
시를 한 편 읽어주셨다

시는 진실한 말이니까
내뱉기만 하고 실천하지 못하는 공약보다는
훨씬 소중하지 않을까라는 말씀과 함께

과연 유세차량에서 듣게 된
정치인들의 약속과 뉴스에서 듣는 막말은
아무리 생각해도 무리가 많아 보였다

"엄마, 투표는 정말 신중해야겠어요!"

그렇다면
시는 참말

공약은 거짓말

믿음

나뭇가지 사이로 추락한 종이비행기

휴지통에 구겨 넣으려다 말고 펼쳐 보니

누가 그린 것일까

멋진 우주선 그림과 각오처럼 써 넣은 글씨가

또렷하게 보였다

"나는 커서 우주비행사가 될 테다"

비행기를 날린 친구가 누군지 알 것 같았다

먼 훗날 도현이는

틀림없이 꿈을 이루리라 굳게 믿는다.

시가 된 편지

소년은 학교에서 집으로 돌아오는 길에 동네 느티나무 아래서 우편배달부를 기다리곤 했습니다. 마을의 외딴 집에 우편물 심부름을 하며 어른들께 편지를 읽어 드리는 일이 즐거웠고, 더구나 칭찬을 들을 수 있다는 것이 마냥 행복했습니다. 한글을 읽을 수 있다는 것만으로 관심과 칭찬을 받는 것이 참 신기한 일이기도 했지요.

당시 시골의 어른들 중에는 글을 모르는 사람들이 꽤 많았습니다. 왜 글을 읽지 못할까? 이런 의문을 품는 데까지 생각이 미치지는 못했을 것입니다. 다만 궁금해 하는 내용에 대해 답해 드리고 가끔 편지의 답장을 써 달라는 부탁을 들어 드리는 것이 그냥 자연스러운 일이었으니까요.

소년의 부모님도 사실은 글을 읽고 쓸 줄 몰랐습니다. 학교에 다닐 형편도 못 되었고 글을 익힐 만한 주변 환경이 아니었기 때문입니다. 마을에 아직 전화기는커녕 전기도 들어오지 않는 시골에서 유일한 통신 수단은 편지를 주고받는 것뿐이었습니다. 그래서 멀리 떨어진 자녀나 친척들, 특히 군대에 간 아들이 있는 집에서는 편지를 받아 보고 답장을 쓰는 일이 그야말로 아주 중요한 일이었죠. 또한 이성 간에 연애를 할 때에도 편지가 큰 역할을 하던 때이기도 합니다.

소년의 편지 심부름은 처음에는 겉봉투의 주소와 이름을 보고 어디서 온 편지인지 알려주는 정도였지만, 차츰 어른들의 부탁을 들어주다 보니 내용에 맞는 답장을 쓰는 역할도 맡게 되었습니다. 간단한 안부와 어른들의 생각을 받아 옮기면 되는 일이었지만, 부탁한 사람들이 만족해하니 편지 쓰기가 그야말로 신나는 일이 되어버린 것이죠.

막내아들 보아라!
먼저뻔 편지는 잘 받았는디 답장이 늦었구나. 이곳은 모두 잘 있으니께 걱정 말아라. 네가 있는 곳은 몹시 추울 텐디 몸 성한 게 중요허니 그저 몸만 잘 챙기거라. 너만 건강하게 제대하믄 아무 걱정이 읍것다. 다음뻔 휴가는 언제가 될라는지

궁금허다. 돌아오는 봄에 집안에 잔치가 있으니께 그때 오면
참 좋겄지만, 아무튼 여기 걱정은 허지 말고 건강만 허거라.
편지 보내믄 받어 보고 또 답장을 쓸 테니께 그리 알고 이만
줄인다.

— 고향에서 애비가 쓴다.

아마 이렇게 내용을 불러주면 잘 정리해서 편지를 완성
했을 것입니다. 또 가끔 집으로 오는 편지에도 같은 방법으
로 답장을 써야만 했습니다. 부모님께서 내용을 이리 적어
라 저리 적어라 설명해 주시면 그 말을 받아쓰며 의도하는
내용을 잘 표현해야 했지요. 제때 답장 편지 쓰는 일을 게
을리하면 불호령이 떨어지기도 했습니다. 아무튼 편지로
소식을 주고받는 일은 요즘으로 치면 스마트폰으로 SNS를
사용하는 일만큼이나 꼭 없어서는 안 되는 일이었음이 분
명합니다.

편지 쓰는 일이 익숙해지니 글짓기 실력이 늘고 글쓰기
에 대한 두려움도 줄어들었습니다. 또한 다른 수업보다 국
어 수업에 흥미를 더 가지게 되고 특히 동시와 동요를 좋아
하게 되었습니다. 책에 대한 관심이 자연스럽게 생겨났으
며, 책을 대하는 태도도 달라지는 계기가 되었던 것 같습니
다. 나중에 알게 된 일이지만, 자신의 생각을 글로 정리하

고 표현하는 것은 매우 중요한 일이고, 글쓰기는 사회생활이나 직장생활에서 아주 중요한 역할을 한다는 것도 깨닫게 되었습니다.

결국 소년은 주변에 관심을 받으면서 편지 쓰기를 통해 글쓰기를 자연스럽게 시작한 셈입니다. 게다가 격려와 칭찬은 행복감을 안겨주었고 이는 일생을 통해 매우 귀한 경험이 되었음이 틀림없습니다.

그렇다면 글쓰기가 성적에도 영향을 미쳤을까요? 교과서나 책의 내용과 맥락을 이해하는 데는 긍정적인 역할을 했을 수도 있겠지요. 하지만 학창시절 모든 시험이 서술형이 아닌 선택형으로 치러졌기 때문에 큰 도움은 되지 않았다고 생각합니다. 다만 대학에 진학해서 서술형으로 치르는 시험에는 많은 영향을 미쳤다고 확신합니다. 열심히 내용을 외우고 맞는 답을 선택하는 시험에서 벗어나 공부한 내용을 자신의 생각과 함께 자유롭게 서술하는 시험 방법은 부담도 훨씬 적었고 분명 만족도가 높았습니다. 이를 통해 더 창의적이고 바람직한 공부 방법이 무엇일까 하는 고민을 하고 나름대로의 답을 찾을 수도 있었습니다.

소년이 특별한 가르침을 통해 글쓰기에 전념한 것은 아니었습니다. 단지 짤막한 편지 쓰기로 글쓰기와 친해졌고, 무엇보다 중요한 것은 동시와 동요에 대한 관심이 훗날 자연스럽게 시로 이어졌다는 것입니다. 서점에 가거나 용돈이 생기면 꼭 시집을 먼저 구입하는 습관도 생겼습니다. 시가 주는 감성적인 느낌, 짧은 글이지만 길게 느껴지는 여운, 이런 매력 때문에 늘 시를 가까이 두고 지내게 되었죠. 하지만 전공이 아니었고 체계적인 공부가 없었기에 읽기만 했지 시를 쓸 계기를 갖지는 못했습니다. 편지글과는 성격이 달라서 특별한 시도가 있어야 된다고 생각했기 때문에 구체적인 습작의 길로 들어서기가 쉽지 않았던 것 같습니다.

그러나 좀 늦게 뜻밖의 기회에 시와 본격적으로 만나게 됩니다. 학창시절이 한참 지난 뒤에 백일장과 문예공모전 등에서 오랜만에 시를 쓰게 된 것이죠. 이를 계기로 자신에게 가장 흥미로운 일에 대해서 다시 고민을 하고 시에 더욱 애정을 쏟게 됩니다. 과거의 글쓰기에 대한 긍정적인 경험을 시로 표현하자는 결심을 하게 된 것입니다.

좀 늦었지만 사실은 그때가 가장 빠른 때였습니다. 또 가장 만족스러운 점은 자신이 무엇을 잘할 수 있는지를 알고 어려움이 있더라도 새롭게 도전하겠다는 신념을 갖게 되었다는 것이죠. 결과보다는 최선을 다하는 과정이 중요하고 시를 통해 새롭고 창의적인 세계를 펼칠 수 있다는 것을 늦게나마 깨달았습니다. 결국 소년은 스스로 시인이 되기로 결심하고 계속해서 자신과의 약속을 실천해 나가기로 굳게 마음을 먹습니다.

편지 쓰기는 삶을 표현하는 글쓰기의 밑바탕이 되어주었습니다. 먼 길을 돌아왔지만 어릴 적 경험을 바탕으로 결국 시를 쓰게 된 것이 매우 행복합니다. 또한 자신이 쓴 글로 사람들과 소통하고 흥미와 공감을 얻을 수 있다면 시인으로서 더는 바랄 것이 없답니다.

소년이 편지를 썼던 기억처럼 우리는 누구나 귀하고 소중한 것을 하나쯤은 지니고 있습니다. 소년의 편지와 시에 얽힌 이야기처럼 사람들이 살아가면서 느끼는 좋은 감정이나 경험을 잘 살려 자신에게는 활력소가 되고 남에게는 위안이 되는 세상을 만들 수 있다면 참 좋겠습니다.

평소에 시를 많이 읽고 시에 관심을 갖는 청소년들이 늘어났으면 좋겠다는 생각을 많이 합니다. 그런 소망을 담아 학교 생활을 소재로 한 시집을 엮었습니다. 흔히 말하는 모범생보다는 걱정거리를 안겨주거나 결핍이 있는 친구들 때문에 오히려 시를 쓸 수 있었는지도 모릅니다. 지금은 어른들의 보호와 학교의 울타리 안에서 품고 있는 알이지만 장차 깨어나 어떤 새가 되어 어디로 날개를 펼칠지 아무도 알 수 없지요. 늘 함께 지켜보고 기다리며 응원하겠습니다. 청소년 여러분이 희망이고 꽃입니다.

2019년 이른 봄에
조재형

조재형 시집

너도바람꽃

초판 1쇄 발행 2019년 4월 15일
초판 3쇄 발행 2021년 10월 18일

지은이 조재형
펴낸이 오은지
책임편집 변홍철
표지디자인 정효진
펴낸곳 도서출판 한티재 등록 2010년 4월 12일 제2010-000010호
주소 42087 대구시 수성구 달구벌대로 492길 15
전화 053-743-8368 팩스 053-743-8367
전자우편 hantibooks@gmail.com 블로그 www.hantibooks.com

ⓒ 조재형 2019
ISBN 978-89-97090-98-3 43810

이 도서의 국립중앙도서관 출판예정도서목록(CIP)은 서지정보유통지원시스템 홈페이지
(http://seoji.nl.go.kr)와 국가자료공동목록시스템(http://www.nl.go.kr/kolisnet)에서 이용하
실 수 있습니다. (CIP제어번호: CIP2019010906)